Los trenes cargueros

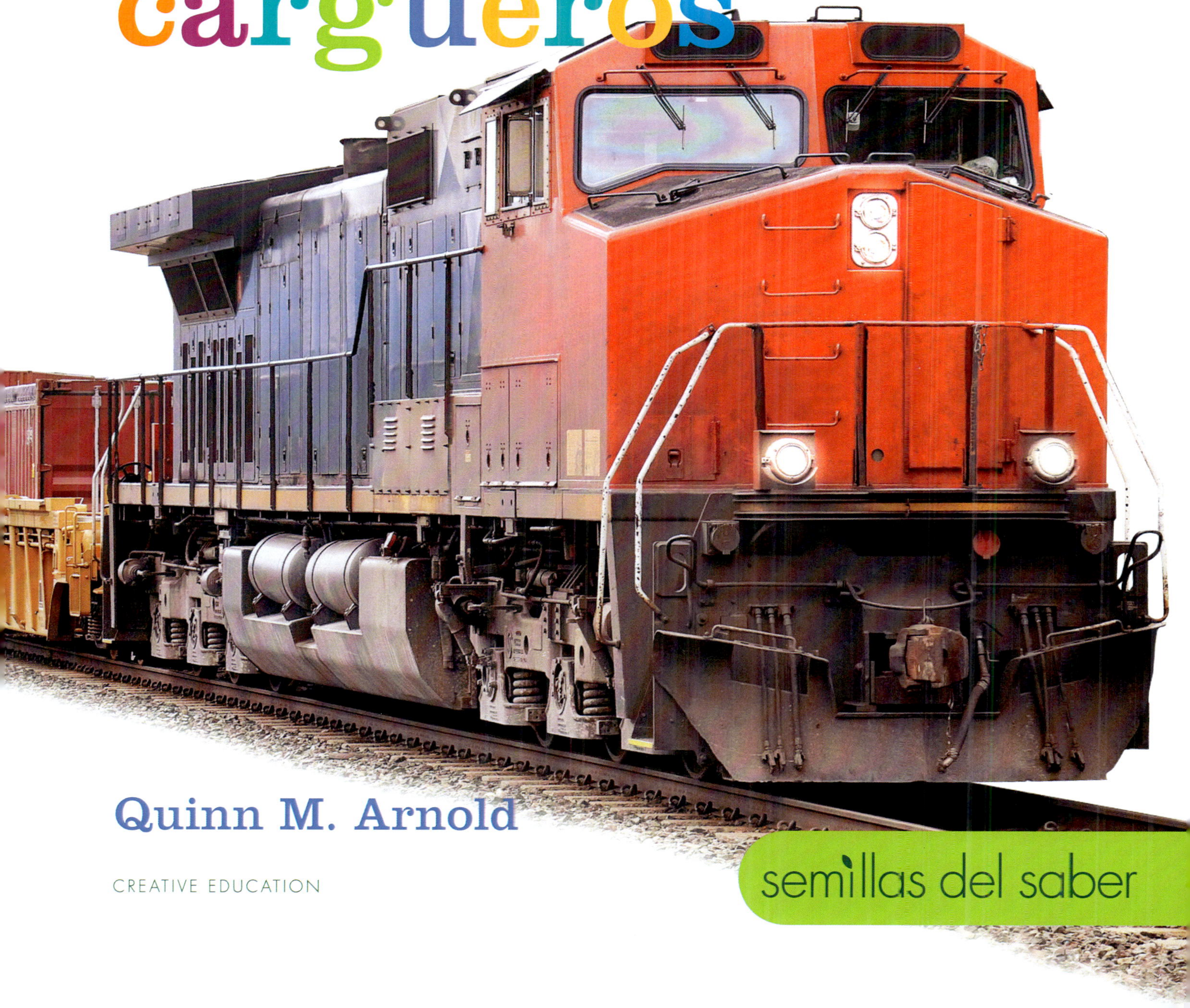

Quinn M. Arnold

CREATIVE EDUCATION

semillas del saber

Publicado por Creative Education
P.O. Box 227, Mankato, Minnesota 56002
Creative Education es una marca editorial
de The Creative Company
www.thecreativecompany.us

Diseño de Ellen Huber
Producción de Angela Korte y Colin O'Dea
Dirección de arte de Rita Marshall
Impreso en los Estados Unidos de América
Traducción de TRAVOD, www.travod.com

Fotografías de Alamy (Blaine Harrington III), Bigstock (aapsky), iStockphoto (Allard1, BeyondImages, brytta, Andrii Holovko, James_Gabbert, MiguelMalo, remik44992, Serjio74, traveler1116, WoodyUpstate, Xavier_Ascanio), Shutterstock (aquatarkus, Sangaroon, satephoto, Serjio74, Kenneth Sponsler)

Información del Catálogo de publicaciones de la Biblioteca del Congreso is available under PCN 2019930508.
ISBN 978-1-64026-269-0 (library binding)

TABLA DE CONTENIDO

¡Hola, trenes cargueros!

Los trenes cargueros son largos.

Transportan cargas pesadas.

SCFU
48527
MEG1

¡El tren puede tener una longitud de más de dos millas (3.2 km)! Puede tener cientos de **vagones**.

Los vagones **plataforma** transportan objetos grandes.

Los materiales sueltos se ponen en vagones tolva. Los líquidos van en vagones cisterna.

La locomotora arrastra los vagones. Muchos trenes cargueros tienes más de una locomotora.

Las locomotoras extra normalmente se encuentran en la parte trasera del tren.

El maquinista conduce el tren. El tren necesita por lo menos una milla (1.6 km) de vías para frenar.

Los trenes cargueros llevan mercancías.

Hacen mucho ruido mientras avanzan por las vías.

¡Adiós, trenes cargueros!

Dibuja un tren carguero

vagón cisterna
vagón tolva

contenedor para transporte
vagón plataforma
vía

Palabras que debes saber

locomotora: vehículo motorizado que mueve el tren

plataforma: área larga y plana

tolva: gran contenedor para arena, granos y otros materiales de ese tipo

vagones: partes de los trenes donde viajan los pasajeros o se transportan mercancías

Índice